# L'animal de compagnie

Texte d'Agnès Cathala
Illustrations de Zosia Dzierzawska

milan

Margot est contente : depuis que sa famille a emménagé dans une maison avec un jardin, ses parents sont d'accord pour accueillir un chien. Ensemble, ils regardent le site de la SPA, pour voir s'il y a un chiot à adopter.

La SPA, ou **Société protectrice des animaux**, est une association qui recueille des animaux maltraités ou abandonnés. Cette association veille à ce que leur nouvelle famille s'occupe bien d'eux, à ce que ces animaux ne soient plus malheureux.

Margot et son papa ont rendez-vous au refuge de la SPA pour adopter Titus, un chiot de 4 mois. La directrice dit que ce chien est très bien pour eux, car il est jeune, assez obéissant et très affectueux.

Il est important de choisir un chien fait pour la vie qu'on peut lui donner. Certains ont **besoin** de grands espaces, d'autres de calme ou de beaucoup d'autorité. Ça dépend de leur **race** et de leur **passé**. Un jeune chien s'adaptera plus facilement à un nouvel environnement.

Dans sa cage, Titus fixe Margot avec ses yeux ronds. La fillette le trouve si mignon qu'elle aimerait l'emmener tout de suite à sa maison.

Mais, avant, papa doit remplir un dossier et signer le certificat d'engagement : en faisant ça, il promet de traiter Titus avec **respect**.

Dans le dossier, il inscrit la nouvelle adresse de Titus. Ainsi, le papa de Margot devient le **maître** officiel du chiot. Ça veut dire qu'il est responsable de son bien-être et de sa santé, avec le soutien de Margot et de maman évidemment !

Le moment d'emmener Titus est arrivé. Margot le tient dans ses bras tandis qu'Oscar, l'agent animalier, lui dit au revoir. Oscar est ému : il s'était attaché à ce petit coquin. La fillette est touchée, elle aussi, et promet de bien s'occuper du chien.

La rencontre avec son animal de compagnie est un moment fort en **émotion**.

L'animal devient un membre de la famille, qui va vivre à nos côtés pendant de nombreuses années. Margot ressent déjà de l'**affection** pour Titus. Et ça ne fait que commencer !

Margot fait visiter sa maison à Titus, lui montre son panier : il a l'air affolé, remue la queue et se colle aux pieds de la fillette. Puis il prend de l'assurance et s'aventure dans la salle à manger. Zut, une porte claque, et le chiot se cache, tout tremblant !

Margot lui parle doucement, maman le laisse renifler sa main. L'animal doit **s'habituer** au lieu, aux bruits, aux odeurs et aux gens. À ses maîtres de le mettre en confiance en lui faisant tout découvrir, patiemment.

En un mois, Titus s'est habitué à son environnement. Mais le chiot fait trop souvent pipi à l'intérieur de la maison. Le gronder n'est pas la solution : les cris peuvent rendre un chien agressif, peureux ou malheureux. Ses maîtres doivent l'**éduquer** en douceur à la **propreté**.

Dans le foyer, tout le monde s'y met : quand Titus fait pipi dans le jardin, chacun le félicite avec une friandise pour chiens. Titus est gourmand : c'est un bon moyen de l'**encourager**. Pour avoir sa récompense, le chiot demande à faire pipi dehors. C'est gagné !

Sur le chemin de l'école, chaque matin, Titus fait sa crotte. Accrochés à sa laisse, il y a des sacs pour ramasser le caca avant de le jeter à la poubelle. Ce matin, c'est au tour de Margot de le faire. Et tant pis si elle n'en a pas envie !

Sur la voie publique, ramasser les crottes de son chien est obligatoire : c'est un **devoir**. Si on ne le fait pas, on risque une amende, et surtout d'embêter les autres. Et si les copains qui se rendent à l'école marchaient dans la crotte ? Berk ! Margot détesterait ça !

Margot et papa goûtent chez papi. Mira, sa chatte, n'aime ni jouer ni être caressée. Si on passe trop près, elle peut griffer. Mais Mira prévient avant en soufflant. Ça veut dire « Ne pas déranger ». L'autre chat de la maison, Mélo, s'approche et ronronne pour qu'on lui caresse le dos.

Observer les animaux permet de connaître les bons comportements face à eux. Ce ne sont pas des peluches dont on fait ce qu'on veut : ils ont leur **personnalité** et représentent parfois un **danger**. Alors on demande toujours à leur maître la permission de les approcher.

Maman et Margot sont à la clinique vétérinaire avec Titus. Dans la salle d'attente, la fillette aperçoit un lapin, et même un furet ! Ce sont des nacs, ou **nouveaux animaux de compagnie**, plus rares que les chiens et les chats.

Nacs, chiens ou chats, tous les animaux doivent bénéficier d'un **cadre de vie adapté**. Dans une maison, les lapins, par exemple, ne vivent pas en cage mais en liberté. Quant au furet, il lui faut une pièce aménagée, pour jouer et bouger. Et aussi parce que cet animal, cousin du putois, sent assez mauvais !

Titus a maintenant 6 mois.
Il pèse 10 kilos, environ
la moitié du poids
de Margot.

La vétérinaire dit qu'il va continuer à grandir jusqu'à la fin de sa première année. Mais il est assez grand pour être stérilisé. C'est pour cette raison qu'aujourd'hui il se fait opérer.

La **stérilisation** est une opération qui empêche l'animal de faire des petits. Parce que beaucoup de bébés animaux finissent abandonnés, si on adopte un chiot par la SPA on promet de le faire stériliser. Faire naître des bébés est plutôt réservé aux **éleveurs**, dont c'est le métier.

En repartant, Margot entend une dame parler de son chat, qui a 15 ans, ce qui est très vieux. Il ne peut plus marcher ni manger. Son vétérinaire dit qu'on ne peut pas le soigner. Mais, grâce à une piqûre qui ne fait pas mal, il peut aider l'animal à **mourir**.

Il faut se préparer à cette idée : un animal de compagnie vit moins longtemps et vieillit plus vite qu'un humain. Titus a de belles années à passer avec Margot. Seulement, quand elle aura 20 ans, dans 14 ans, il sera vieux !

L'opération de Titus s'est bien passée,
et maman est allée le chercher.

Mais, après avoir été endormi, le chien est mou et fatigué. Margot comprend qu'il a besoin de se reposer, et aussi de caresses pour être rassuré.

Comme nous, notre animal peut être fatigué, apeuré, soucieux, énervé... S'intéresser à ce qu'il ressent, c'est faire preuve d'**empathie**. Comprendre un animal aide à mieux comprendre les autres êtres vivants en général.

Ce samedi, il n'y a pas école et il pleut des cordes. Margot aimerait faire la grasse matinée. Titus, lui, veut se promener ! Finalement, une fois dehors, la fillette est heureuse de voir que le chien revient quand elle l'appelle et qu'il obéit quand elle lui dit « Assis ! ».

Un maître affirme régulièrement son **autorité** pour ne pas se laisser mener par le bout du nez. Mais, ce que Margot préfère avec son chien, c'est courir et jouer. Même sous la pluie, même tôt le samedi !

# mes p'tits pourquoi

## Découvre tous les titres de la collection

- Les allergies alimentaires
- Le déménagement
- Le diabète
- Les enfants précoces
- Partir en vacances
- Le sommeil
- La surdité

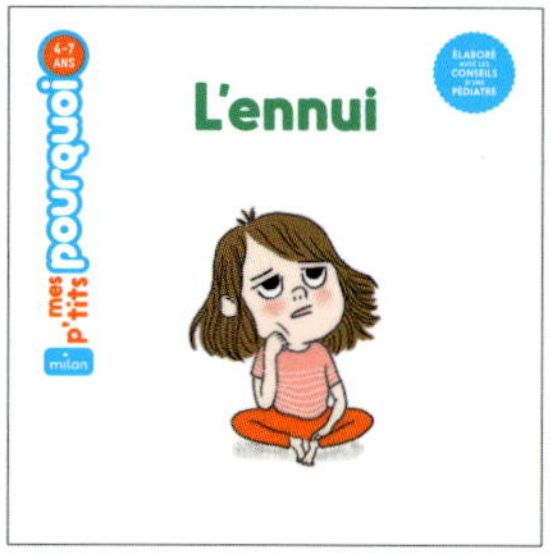

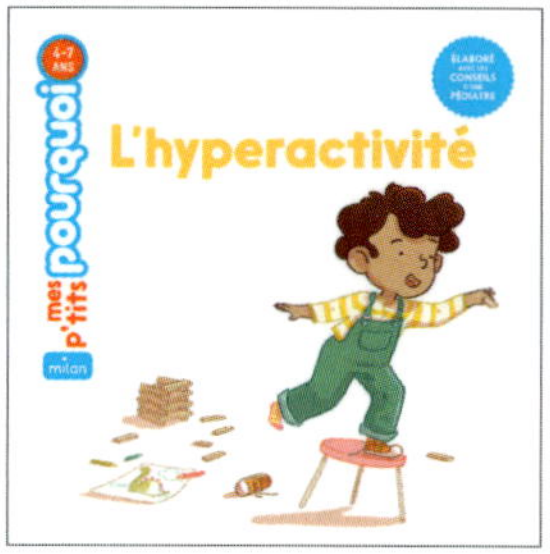


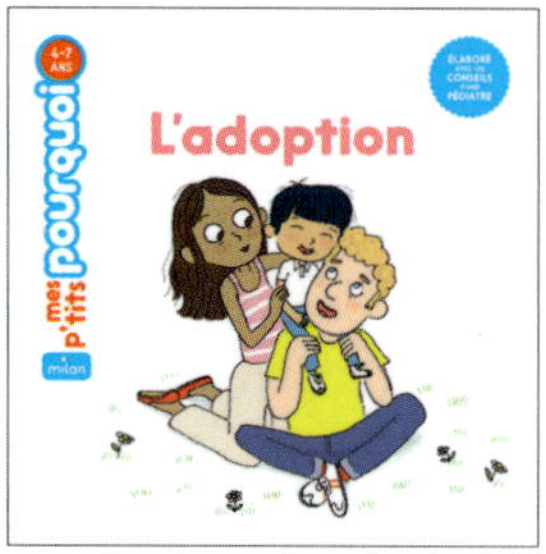


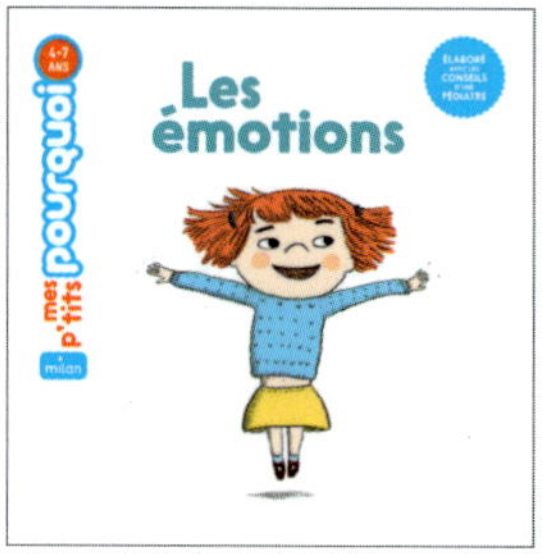